햇살이 탱자나무 가시 사이로 내 몸을 비추고 있었다

수우당 시인선 018
햇살이 탱자나무 가시 사이로 내 몸을 비추고 있었다

2025년 9월 20일 초판 인쇄

지은이 | 김성대
펴낸이 | 서정모
펴낸곳 | 도서출판 수우당

주　소 | 51516 창원시 성산구 외동반림로126번길 50
전　화 | 055-263-7365
팩　스 | 055-283-8365
이메일 | dlp1482@hanmail.net
출판등록 | 제567-2018-7호(2018.2.12)

ISBN 979-11-91906-44-8-03810

값 15,000원

＊이 책은 경상남도, 경남문화예술진흥원의 문화예술 지원을 보조받아 발간되었습니다.
＊잘못된 책은 바꾸어 드립니다.
＊저자와 협의하여 인지를 붙이지 않습니다.

수우당 시인선 018

햇살이 탱자나무 가시 사이로 내 몸을 비추고 있었다

김성대 시집

수우당

김 성 대

- 김성대 시인은 경남 마산에서 태어나
- 2015년 〈경남작가〉로 작품 활동을 시작하였으며
- 2020년 제1회 부마민주항쟁 문학상을 수상하였다.
- 2021년 첫 시집 『나에게 묻는다』를 내었다
- 경남작가회의 회원과 객토문학 동인으로 활동하고 있다.

어느 날 보잘것없다는 벼룩이자리 싹을 봤습니다. 왜 보잘것없다고 했는지 모르지만, 볼수록 미안해졌습니다.

무심코 던지는 독버섯이라는 말에 그 버섯이 충격으로 기절했다는 이야기를 듣고는 오히려 내 안에 까치독사처럼 무서운 독이 있지는 않은지, 내가 살아온 모습을 돌아보게 되었습니다.

나이 들수록 차도 따뜻한 것이 좋아지고, 말 한마디도 따뜻한 말을 듣고 싶고, 사람도 따뜻한 사람이 자꾸만 그리워집니다.

바람이 불어도 비가 내려도 심지어 어둠이 내려도 함께 어우러져 숲을 이루고 살아가는 것처럼 우리도 그런 숲이 되어 산다면 얼마나 좋을까 그런 생각을 담아 이 시집을 지었습니다.

2025년 여름
김 성 대

|차 례|

시인의 말

제1부 결단코, 못난 놈이 아니다

제2부 어둠이 내려도 떠날 줄 모른다

제3부 볼품없이 살아도 새봄을 부르는구나

제4부 모진 바람 불어도, 더불어 숲

제 **1** 부

———

결단코, 못난 놈이 아니다

이곳을 떠날 수 없다

생긴 것이 수염 같기도 하고
여인의 머릿결 같기도 하다
산거웃이나 산거울이라고도 불리는,
거웃싸라기풀

하찮은 듯 누구 하나 눈여겨보지 않아도
절개지 비탈면에서 깎여 나가는 흙을
온몸으로 붙잡고 있다

외줄에 매달려 일하는 고층 도색 노동자처럼
하루하루가 언제 무너질지 몰라도
이곳을 떠날 수 없다

파리풀도 꽃은 앙증맞다

겉모양이 가늘고 볼품없는
흔하디흔한 풀이 파리를 잡는다니
놀라지 않을 수 없다
이런 보잘것없는 파리풀도 꽃은 앙증맞다
꼼꼼히 들여다보면
자줏빛 입술 모양을 하고 있다
올해도 긴 장마가 시작되었다
축 늘어진 칙칙한 기분인데
촉촉하게 비에 젖은
파리풀 꽃잎들이 기분을 달래준다
들여다볼수록 황홀해진다
그러고 보니 사람도 그렇다

나답게

개망초 개머루 개쑥부쟁이
누가 붙였을까 '개' 자를
옻은 옻인데 개옻이란다
내 열매는 꽁지 푸른
유리딱새도 얼마나 좋아하는데
단풍 든 맵시에
사람들은 넋을 잃기도 하는데
옻 사촌이라 불러주든지
붉은 옻이라 불러주지
나를 보고 개옻이라니
하기야 누가 뭐라고 불러주든
무슨 상관이겠어
나는 나답게 살아가면 되지

고사리 앞에서

　삶은 고사리를 햇빛과 바람에 말린 것을 다시 물에 불리고 데치고 우려내어 먹는 사람들이 지혜롭다지만, 고사리가 3억 6,000만 년을 살아온 것은 잘 모른다 몸에 좋다는 것만 알지 더구나 화석식물이라는 것은 잘 모른다 절에서 즐겨 먹는다는 것만 알지 우리나라에 무려 400종이 있고 세계엔 1만 2000종이 있다는 것은 잘 모른다 끽해야 4, 5백만 년을 살아온 인간이 고사리 앞에 겸손해야 하는 까닭이다

왕고들빼기

아주 높이 자라나는 큰 고들빼기라고
왕고들빼기로 불려요
그렇다고 작은 풀 앞에서 우쭐대지 않아요
더군다나 왕이라고 거만하지도 않아요

뭇 생명 살리는 쓴맛 내면서
구절초나 쑥부쟁이처럼
곱다란 꽃을 피우는 것만 해도 좋아요

나에겐 줏대도 있다고요
뼈대 있는 꽃대는 곧추서지요
우람한 대왕참나무에게도 할 말은 한다고요

한 해를 살고 죽더라도
구성맞게 생명줄에 연연하지 않아요
겨울이면 뿌리까지 깔끔하게 생을 끝내지요

이런 삶도 멋들어지지 않나요

까실쑥부쟁이

겉모습이 좀 까슬하다고
마음까지 거친 것 아니다
경상도 사내들 무뚝뚝하다고
정이 없는 것 아니듯

가을날 살짝 자줏빛 띠고
떼로 맑게 피어나는
꽃무리를 보라

맛있는 떡이 때깔까지 고우면
얼마나 좋을까 마는
세상이 언제나 그런 것만은 아니다
까실쑥부쟁이를 보면 안다

단풍취

하얀 솜털 뒤집어쓴
새순이 꿈틀꿈틀 올라오다가
살짝궁 잎을 펼치는 단풍취

앙증맞은 그 꼴을 보지 못했나
단풍잎 닮은 그 모습 보지 못했나
와 안 봤겠노
우리 집 마루며 마당을
제 것 인양 넘나드는
개나 고양이 발바닥 같더마는

반드러운 그 맛이
꽃잠 같다고 하더마

봄까치꽃

'새의 눈'이라는 이름도 있고

베로니카, 성스러운 이름도 있는데

큰개불알꽃이라니

울 할매들 이름 불러놓고 깔깔

허허, 산까치도 기가 차서 깍깍

까마중

우리는 어릴 때 땡깔이라 불렀다 가지 꽃처럼 작고 앙증맞은 하얀 꽃 피고, 까만 열매 맺힌 것 볼 때는 까까머리 친구들과 놀던 그 시절이 보인다 까맣게 달린 것을 쉴 새 없이 따 먹었던 벗들은 다 어디로 갔을까 내 삶에 자꾸 스러지는 사람들 있어 밤길 걸을 때마다 우두커니 별을 볼 때가 많다

방가지똥

꽃 필 때 뿌리 잎 말라죽어도
움츠러들지 않네

꽃 지고 다시 흰 갓털 씨앗 날리는가 싶더니
거듭 꽃피우네

심지어 똥 소리 들으면서도
주눅 들지 않고 기가 팔팔하게 사는

그놈 이름 참,
방가지똥이라니

뚝심

—부추

베어봐라
내가 안 돋아나나

또 베어봐라
내가 고개 안 드나

싹둑 잘라봐라
그런다고 꽃 안 피우나

스스로 쇠 구조물에 몸을 가둔
저 노동자를 봐라

나는 무엇으로 사는가

김주열 열사가 떠오른
마산 바다 내려다보이는
상사바위에서
잎겨드랑이에 층층이 꽃 피운
보랏빛 층꽃나무를 만났다

모진 고추바람에 말라 버려도
하늘과 맞닿아 더욱 곱게 빛나고
층층으로 꿋꿋하게 서 있는 모습은
매란국죽 못지않다

겨울 벼랑 끝 층꽃나무 앞에서
나에게 묻는다
나는 무엇으로 사는가

꿀풀

어릴 때 샐비어 꿀 빨아먹던 기억 떠올리는 우리 풀 꿀풀, 꽃을 따서 뒷부분을 빨면 단맛이 나서 꿀방망이로 부르는 풀, 자줏빛 꽃이삭이 피고는 볼품없이 말라버려 하고초라고도 불리는 풀, 누구도 눈여겨보지 않는 흔한 이 풀이 열을 내리고 독을 없앤다고 동의보감에 떡하니 이름을 올리고, 민초들과 살아온 것을 잘 모른다 내 가까이서 공기나 물과 같은 존재로 살아가는 사람들처럼

점나도나물

엄동에도 땅바닥에 붙어
푸르게 겨울을 나는

작고 볼품없어도
여봐란듯이 봄을 알리는

있는 듯 없는 듯
한 점 티끌 같아도

너도 나도
뜨거운 삶인 것을

소리쟁이

송구지 소로지 솔구지 솔옷이라 불리며
조상 대대로 함께 살아왔다

꽃대가, 열매가 바람에 흔들리며
스리스리 소리소리 소롯소롯 소롯소롯 소리가 났다*

바람이 사랑스럽게 불면
어여쁜 소리를 내고,
바람이 거세면 무서운 소리를 냈다

억세고 질기게 삶을 이어오며
해학과 풍자로 울고 웃었던
이 강산의 지혜로운 장이나 쟁이들과
참 많이도 닮았다

*김종원 지음, 한국식물생태보감1

소나무

장복산 숲에도 대암산 숲에도 뒤틀리거나 휘어진 솔만
보인다 매끈하게 잘생긴 소나무는 다 베어지고 등 굽은
소나무들만 살아남아 이 강산을 굽이굽이 강물처럼 지키
고 있다 한 일터에 뿌리박고 사는 저 투박한 손의 노동자
처럼, 사람들 도시로 떠나도 끝까지 흙을 베고 누운 저
농투성이들처럼

꽃며느리밥풀

옛날에 며느리가 밥이 잘 되었는지 보려고
밥풀을 입에 넣었다가 시어머니에게 맞아 죽었다는
전설은 너무 모질고 잔혹한 이야기다

그 며느리 무덤가에 밥풀을 품고 피어나
며느리밥풀꽃이라 불리게 되었다는
이 땅 며느리의 슬픈 전설이 된 꽃이다

오래전 형수님이
연탄가스를 마시고 마당에 까무러쳤을 때
어머니가 맨발로 뛰어나와 신김치 국물을
형수님 입에 들이붓던 모습이 생각났다

어머니는 돌아가셨지만
서울에 계신 형수님은 멀리 시동생들을 보러 온다
마산 땅까지 시어머니가 그리워 오는 것이다

우리 겨레의 온갖 고난에도 불구하고

우리네 살림살이를 건사해온 이 땅의 며느리가 아닌가
꽃며느리밥풀에 '생명의 꽃' 이라는 꽃말을 붙이고 싶다

바랭이

 잡초와 늘 전쟁을 하고 있는 농사꾼들 앞에서 바랭이가
쓸모 있다거나 도움 될 때도 있다고 말하면 욕먹을 것이
뻔하다 농부들에게는 미운털 박힌 골칫거리이기 때문이다
하지만 그 뿌리는 거센 빗줄기에 흙이 쓸려가지 않도록
버텨주고, 김을 매면 거름이 되는 이점도 있다 바랭이가
소와 염소를 키우고 그 가축들이 우릴 살려온 것이라면
타박만 할 수는 없다 밭둑이나 길섶이나 어디든 뿌리내리
고 사는 바랭이는 한 해를 살아도 굳건한데 예순한 해를
살아도 난 아직 멀었다

개망초꽃

조선소 독에서 떨어져내려
이국에서 한갓되이 죽는다 해도
이 악물고 또다시 피어나는 이주 노동자처럼
이 땅에 당당하게 뿌리박은 꽃이다

원청 하청 오만가지 차별 속에서도
한밤 용접 불꽃으로 흐드러지게 피어나는
억센 팔뚝 노동의 불꽃처럼
피고 또 피어나는 꽃이다

아무도 찾으려 하지 않는
개골창이나 묵정밭에서도
하얗게 피어나는 소금꽃이다

소외의 땅, 차별의 땅에서
70년대 가난했던 산업의 역군처럼
뜨겁게 피어나는 소금꽃이다

제 2 부

어둠이 내려도 떠날 줄 모른다

으름

푸 푸 열매엔 새까만 씨만 가득해요
열매가 익으면 스스로 입을 벌려요
하얀 속살 다디단 맛은 사람 애를 말리고요
무엇보다 새들이 얼마나 좋아하는데요
오랜 시간 서로 몸내음 맡고 살아온
은은한 당신이 좋은 것처럼
맘이 얽히고설키면서도 깊이 통(通)하고 살아온
당신이 좋은 것처럼
새들도 은근한 그 맛을 아는 게지요

백합나무

튤립 모양 꽃이 핀 나무를 보았다
참 독특하구나 생각했다
떨어진 잎사귀 모양을 보았다
참 별나구나 생각했다
그러다가 누가 뭐라 해도 매력 있게
사는 나무구나 생각했다
쳇바퀴 도는 삶에 실려가다 보니
나 자신을 잃어버리고 사는 것은 아닐까
이런 생각을 한 어느 날
백합나무 한 그루가 내 속으로 걸어 들어왔다

쑥

띠푸리 넣고 끓이다가
쑥 넣고 된장 푼
쑥국이 밥상에 자주 오를 때면
어머이한테 밥투정을 한 기억이 있다

쑥국이나 쑥밥이나 쑥버무리가
식구들 먹여 살려온 것을
이순(耳順) 지나 알게 되었다

못 쓰게 된 땅에서도
먼저 피어나 흙을 살리는 풀이거늘
쑥 뽑아버리고 함부로 밟고 다닌
그때는 왜 몰랐을까

봄이면
어디서나 볼 수 있는 쑥이지만
나는 쉽게 지나칠 수가 없다

새가 뜨지 않는다

실처럼 가는 새, 실새풀은 사람들이 보지도 사람들에게 보이지 않아도 햇빛과 별빛과 달빛이 줄곧 마음을 주는 까닭에 서로서로 정 붙이고 살아간다 별 볼 일 없다 해도 비바람에 의연하고 노을이 퍼질 때는 눈부시다 생각이 좀 다르다고 서로 맘 주지 않는 사람들처럼 새가 뜨지도 않는다 새끼리 서로서로 마음 주며 보란 듯이 잘 살아간다

쥐꼬리망초

꽃차례 모양이 쥐꼬리를 닮았다고 한다
망초를 만나 쥐꼬리망초라고 불리어진 꽃
그 작디작은 꽃이 남방부전나비를 불렀나

남방부전나비, 쥐꼬리 닮아
보잘것없다는 꽃에 퍼질러 앉아
어둠이 내려도 떠날 줄 모른다

기다리다 기다리다 내가 지쳐
먼저 자리를 털고 일어나도
망부석이 된 전설처럼
남방부전나비는 끝내 떠나지 않는다

아무래도 서로가
속 깊은 사랑을 만났나 보다
모진 그리움에 터덜터덜 걸어왔던
내 발길이 더없이 가벼워진다

갯메꽃

바닷가 모래밭에 살면서
들고 지는 바닷물과 부대낄수록
살부드럽게 사는,
한산섬 몽돌 닮은 갯메꽃

먼바다에서 돌아오는
뱃고동 소리 들릴 때마다
고단한 어부들 위로하듯
연분홍빛 꽃을 피운다

바닷바람 거칠 때도
모래바람 세찰 때도
둥그런 잎 맵시에
방긋 웃는 듯 꽃 피는,
그 속이 어머니를 닮았다

갈참나무

그릇 모양 깍정이에
애틋한 사랑을 담아
옹기종기 매달고 있다

늦가을에도 오래
갈잎 달고선 단박에
그리움 떨치지 못한다

너는 애절하기 그지없는
갈참나무가 맞구나
가을 참나무 맞구나

삶이 해어지도록 고단해도
따뜻하게 사랑이 내리흐르는
이 땅의 어머니 같은

그령처럼 반짝이는 당신

그령을 보면
동무들 모르게 풀잎 묶어
발이 걸려 넘어지도록,
어릴 때 장난친 기억들이 떠올라요

그 질긴 풀잎에
고운 이름 있다는 것을
이제야 알았어요

여름이면 고깔꽃차례로
꽃이 핀다는 것도
왜 여태 모르고 살았을까요

그러고 보니 그령처럼
수수하지만 꽃이삭 반짝이는 당신이
늘 내 곁에서 빛난다는 것을
예순이 넘도록 모르고 살았으니
참 무심한 남편입니다

쇳밥일지를 읽다가

87년 노동자대투쟁이 일어난 이듬해 공장에서 잔업을 마친 퇴근길, 절삭유 냄새 풍기는 까무잡잡한 작업복 입고 허름한 포장마차에 앉아 소주잔 기울이던 모습이 떠올랐다 달세 3만 원 하던 창곡마을 단칸방으로 걸어가는 길에 쿵쾅대는 프레스 소리 들으며 올려다 본 밤하늘 빛나는 별들이 불현듯 그리워졌다 쇳밥일지에서 용접공 천현우의 어깨를 토닥토닥 두드려 주는 은주나 초원 씨처럼, 여전히 힘들고 외로운 노동의 길을 걸어갈 때, 어쩌다 갈길을 잃고 헤맬 때 포터 아저씨처럼 따뜻한 눈길로 내려다보는 샛별이 느닷없이 그리워졌다

감태나무

이 땅에는
겨우내 갈잎 달고서
새잎 돋을 때까지 잎 떨구지 않고
추위 견디며 사는 나무가 있다

묵은 잎 말라 버석해도
새순 날 때까지
보듬고 함께 가는 나무가 있다

암그루만으로도 앙증맞은 열매 맺고*
서로 바라보고 정 붙이며
꿋꿋하게 사는 나무가 있다

성별에 따라 역할 고정된
가족 각본에 따라 사는 이 땅에서**
홑몸으로도 씨를 맺으며
자신의 삶을 개척하는
감태나무가 있다

*나의 초록목록27-감태나무의 암그루만 사는 세상, 국립백두대간수목원 허태
 임 연구원. **가족 각본(김지혜 지음, 창비)에서

반들가시나무

드문드문 가시를 달고 있는
돌가시를 보면 당신이 먼저 생각난다
아무렇지 않게 던진 말 한마디가
당신에게 가시가 되었을 때
끝내는 나도 아팠다

찔레꽃이 지고 나면
비로소 꽃 피는 땅찔레가
더 아름답게 보일 때 있는 것처럼
자신을 낮추며 살아가는
당신이 점점 커 보여
나는 너무 부끄러웠다

산비탈 바위 위에서
억척스럽게 살면서도
찌는 듯한 여름날에 하얀 꽃 피는
작은 잎 반드러운 반들가시나무를 보면
나도 당신처럼

그렇게 살 수 있을까 생각해 본다

열무

신문지에 싸여 열흘 넘게 냉장고에 있던 열무를 꺼내 생김치를 만드는데, 돌아가신 엄마와 장례식장에서 슬피 우는 조카 모습이 떠올랐다

엄마가 마산역 번개시장에서 열무를 사 오신 휴일에는 주워 온 신문지에 열무를 올려놓고 조카와 함께 다듬었다 엄마 손은 시커멓게 갈라지고 갈수록 거칠어지고 있었다 조카는 이제 마늘 까서 시장에 내다파는 일은 그만두라 했다

엄마는 막내아들이 생김치를 좋아하는 것을 알고 있었다 그날은 어김없이 풋열무김치가 밥상에 오르고 가끔은 둘째 형과 조카가 좋아하는 열무국수를 해먹기도 했다 잘 익어서 새콤한 열무김치로 만든 물국수나 비빔국수가 그렇게 맛있을 수가 없었다

엄마 돌아가신 날, 아내와 형수들과 형님들은 다 화장하자는데 작은 형수 집 나가고 할머니와 정붙인 조카만 거

세게 반대했다 "무덤이 없으면 인자 어디서 할머니를 보노"

구암동 3.15 묘지 텃밭에 열무꽃이 피었던데 무덤도 없이 가슴속에만 있는 엄마에게 열무꽃 한 다발 드려야겠다

좀씀바귀

집 안 뜨락에 풀씨 하나 날아와 노란 꽃 피우더니 시나
브로 퍼져나갔다 작고 둥근 잎에 꽃자루 쏘옥 올라와 봄
바람에 살랑거리는 모습이 앙증맞았다 어머니는 해마다
"아이고 예쁘구나" 하시더니 언제부턴가 말씀을 잃고는
쳐다만 보셨다 그 꽃을 바라보는 어머니를 뒤에서 보듬고
는 "엄마 엄마 우리 엄마" 하면서 울기도 했다 좀씀바귀
피는 사월이면 어머니가 더더욱 그립다

이질풀 앞에서

멍하니 산길을 걸을 때가 있다
아무 생각 없이 걷다보면 정말 아무 생각이 없어진다
그러다가 문득 뭐더라 하고 발길을 되돌리기도 한다

한 송이 이질풀이 그랬다
한참을 되돌아오게 만든 무학산 둘레길
다섯 꽃잎에 날렵한 꽃술이
지나치고 나서야 강렬했던

이 작고 약한 이질풀 앞에서 다짐한다
아무 생각 없이 살다 가끔 정말 가끔은
누군가의 가슴속에 남아 있는 그런 사람
나도 그런 사람이 되고싶다

꽃마리

봄날에 여럿이 산길을 걷다가
꽃마리를 따다 그녀에게 주었다
그녀는 남자에게 처음으로
꽃을 받아보았다고 기뻐했다
다음날 소주잔에 꽂아놓은
앙증맞은 꽃 사진을 보내주었다
보일 듯 말 듯 한 작은 꽃을
꽃다발이라며 웃자고 건넸는데
새들한 것도 가볍게 여기지 않는
따스한 그 마음이 꽃마리를 닮았다

탱자나무 가시

얼굴 아슴푸레한 아버지와 탱자나무 가시로 다슬기 꺼
내 먹던 때가 있었다 나이 들어 그 나무가 남을 찌르려고
있는 것이 아님을 알았을 때 내 안의 가시가 부끄러웠다
가난한 사람들 울타리가 되고 작은 새들 둥지 되는 것을
알았을 때 나는 정말 부끄러웠다 온몸에 가시를 달고도
그윽한 꽃향기 퍼뜨려 뭇 생명들에게 삶의 활력 주는 것
을 알았을 때 더욱 부끄러웠다 노랗게 익은 지각(枳殼)의
신맛 앞에서 오늘에야 깨닫고는 뱃속에서 꺼이꺼이 목놓
아 울던 것을 그쳤다 햇살이 탱자나무 가시 사이로 내 몸
을 비추고 있었다

화살나무

앙증맞게 꽃이 핀
너를 만나면
나도 몰래 연둣빛이야 했었지

가지에 화살 깃털 닮은
날개 달고 있는 모습은
당신에게 날아가고픈 내 마음이었지

가을날 붉어지는 네 앞에 서면
당신 만난 첫날처럼
난 벌써 눈부시게 하늘을 날고 있었지

수백 번 되뇌는 화살나무 화살나무
이미 내 마음이 달뜨고 있는 것을
너만 모르지

노각나무

지금 헤어지면
언제 다시 만납네까
금강산 안내원의 구수한 입담처럼

그대 꽃향내가
밤잠 설치도록
그리울 때가 있다

하얀 동백꽃도 함박꽃나무도
그대 생각에
가슴앓이 할 때가 있다

노란 꽃술 하얀 꽃잎이
그대처럼 하나의 꽃으로 피듯
우리 겨레 언제쯤 함께 피어날까

여우콩

여우 눈을 닮았다고
여우콩이라니

하루 내내 사람들에게 시달리다
파김치가 되어 돌아오는 나를
애처롭게 바라보던
당신의 안쓰러운 눈길을 닮았습니다

여우 같은 내 마누라 하고 덥석
안아 주지는 못해도 이런 날이면
당신에게 그냥 미안합니다

붉은빛 꼬투리 속에
반짝반짝 빛나는 까만 씨앗이
방치되듯 자라난 우리 아이들 눈동자 같아
여우콩 앞에 서기만 하면 마음이 짠합니다

나비처럼 활짝 꽃 피어,

내게로 날아올까 멀리 날아갈까
불안한 날이 더 많습니다

얼레지

　다섯 해를 기다려 두 잎을 내고 꽃을 피운 얼레지를 보
았다 그 꽃의 비상(飛上)에서 7년, 인고(忍苦)의 땅 속 생활
을 견디고 땅 위에서 열나흘쯤 살다 흙으로 돌아가는 매
미를 보았다 나의 생애도 보았다

제 3 부

볼품없이 살아도 새봄을 부르는구나

리기다소나무

원래 내가 있을 자리는 아니었다 미국 애팔래치안 산맥의 산성토양 지역에서 살아온 내가 이 땅에 가쁘게 심어졌다 칠십 년대 민둥산을 푸른 산으로 만든다고 소나무 숲이 되고 참나무 숲이 되어야 할 산을 내가 많이 차지하면서 어쩌면 숲을 망쳐버린 것인지도 모른다 되레 미안한 마음에 재선충에도 잘 견디며 악착같이 살아왔다 그다지 쓸모 있게 살아오지는 못했지만 이제는, 청설모나 직박구리도 따뜻하고 옆에 사는 함박꽃나무나 개옻나무도 살갑다 지금은 누가 뭐래도 이방인이 아니다

지칭개

보릿고개 때 된장국 되고 나물도 된
그 쓴맛 때문에 뭇사람들 추억 서린 지칭개
냉이를 닮아 캐고 보니 아, 아니네
속절없이 길섶에 버려졌던
지칭개

무당벌레가 좋아하는 지칭개수염진딧물에게
자신의 온몸을 내어주고도
줄기를 뒤덮고 있는 진딧물 모습에
사람들 얼굴 돌려버리기 일쑤였던
지칭개

버려진 묵정밭에서도, 거친 땅에서도
지칭개는 보란 듯이 꽃을 피우는데
줄기 속을 비우면서 어여쁘게
보랏빛 꽃을 피우는데

털진득찰

누가 이름을 붙였을까요

건강하게 살고 더불어 살라고
봄이나 가을로 살고 빛나게 살라고
이 세상에 무엇이라도 이바지하라고
아버지가 지어준 이름처럼

부드러운 털이 많다고
모인꽃싼잎 조각 진득진득하다고*
거기에다 진흙처럼 차지다고
'찰' 까지 붙어 털진득찰 되었으니

얼마나 멋거리진 이름인가요
얼마나 슬기로운 이름인가요
대를 이어 살아온 토박이 풀로
그 이름 길이길이 빛날 것이니

우리 겨레와 함께

만세(萬歲)를 누리소서

*김종원, 한국식물생태보감1

이나무

의자(椅子) 만들기 좋은 의나무에서
이나무라고 불렸어도 좋고
기어가는 이를 닮은 껍질눈 때문에
이나무가 되었어도 좋다

사람들이 눈을 사로잡는 나무라고
내 모습을 칭찬할 때
당연히 어깨가 올라갔다

늦가을에 발그속속한 열매가
노랑지빠귀나 직박구리 먹이가 되어도
마음이 편안한 것을 보면
의자 나무가 맞을 듯하다

이고들빼기

이고들빼기를 만나면 사람들에게 "이 고들빼기가 무슨 고들빼깁니까?" 장난치던 때가 많았지요 꽃잎 끝이 이를 닮아 이고들빼기라 불린답니다

잎자루 없이 줄기 감싼 잎들이 보면 볼수록 참 별나게 생겼다는 생각을 하다 보면 별나게 생긴 것들이 모여 세상을 이룬다는 생각도 하게 됩니다

이런 생각까지 하다 보면 잘난 놈 못난 놈 할 것 없이 세상이 좀 공평해졌으면 얼마나 좋을까 이런 뚱딴지같은 생각에 나도 모르게 피식 웃고 맙니다

꿩의바람꽃

눈길 사로잡는 것이
꽃잎이면 어떻고
꽃받침이면 어떤가
각시가 좋으면
처갓집 쇠말뚝에도 절을 한다는데

이른 봄
햇살 받아 살짝 피어난
꿩의바람꽃
너를 보는 것만으로도
내 마음은 절을 수십 번 하고 있다

이런 마음으로 네 앞에 서면
너는 꿩의 깃털보다 빛나고
나도 눈이 빛나는 것을

지리산 산국

은행 열매를 줍고 있는 아낙네 옆에 할머니가 들깨를
널고 있는 지리산 자락 산기슭 언덕마다 산국이 피었다
산국은 벌과 나비에게 꽃 잔치 베푸느라 바쁘다 서로 무
리 지어 살아도 꽃대 끝에 많은 꽃이 피어도 시샘하는 일
없이 향기를 나누고 있다 저마다 핀 샛노란 산국이 꼭 이
깊은 마을과 산골 학교가 협력하여 아이를 키우는 마을교
육공동체 같다 지리산 산국은 마을과 사회와 나라의 평화
가 거저 주어지는 것이 아니라는 말을 골골이 바람결에
날려보내고 있다

노박덩굴

　어수룩하고 꾸밈이 없다는 이름을 달고 있지만 그 눈부신 모양새는 서마지기에 오를 때까지 자꾸 눈에 아른거렸다 두척마을에서 무학산 오르다 너덜겅에서 만난 세 갈래 노란 껍질에 붉은 열매 품은 노박덩굴, 다른 나무를 타고 올라도 그 나무에게 아픔을 주지 않고 좋아하는 햇빛 나눈다니 줄기 끝에 상처가 나면 뿌리에서 새로 줄기를 내고 보란 듯이 길게 뻗어간다니 작은 힘이나마 죽어가는 이 지구별을 치유하고 있는 게 아니라면 뭐라고 해야 할까

메꽃

참싸리 꽃 핀 칠월 어느 날
수줍은 모습으로 하루를 마감하는
메꽃 앞에서
당신을 생각합니다

메마른 땅에서도 뿌리내리고
끈기 있게 마음을 주는 메꽃처럼
그늘진 이들에게 더욱 따뜻했던 당신

당신의 향기가
말쑥한 분홍빛 메꽃으로 피어나
오늘 내 지친 마음속까지 달래줍니다

이런 날은 그냥 당신에게
내일까지도 맡기고 싶습니다

붉은인동

감고 오를 데 없어도
하늘로 치솟아
담장 위로 춤추는 덩굴
그 아래 너울대는
붉은 꽃

마음을 다잡으면
엄동설한에도
꽃망울 맺고
기어코,
꽃을 피우는

그래서
인동(忍冬)이다
그것도 붉은 인동

붉나무

산속 돌너덜이나 메마른 땅에서도
꿋꿋하게 살아가는 붉나무를 보면
일본의 조선인학교 아이들이 생각납니다

척박한 환경에서도
꿈을 놓지 않는 아이들처럼
잎줄기에 날개가 있어 불타는 저녁놀 속을
나는 꿈을 꾸기도 한다는데요
꿈을 꾸다 보면 저 시퍼런 철책선을
언젠가는 타고 넘을지도 모릅니다

잎사귀들 붉디붉게 피어나는
붉나무 앞에 서면
누구나 가을을 꿈꾸게 됩니다

사방오리처럼

—구두닦이 오성원

모래막이 나무라 불러도 좋고
사태막이 나무라 불러도 좋은
사방오리처럼
구두닦이로 불러도 좋고
딱새라고 불러도 좋아

나달나달한 나무껍질을 가졌어도
몸으로 흙이 무너지는 것을 막으며 살아가는
사방오리처럼
구두닦이 오성원은
내가 살아가는 터전을 푸르게 만들고자
1960년 3월 15일 밤 시위에 참여했다가
북마산 파출소 근처에서 총에 맞아 숨졌다

사방오리가
누가 뭐라 해도 삶이 아름다운 나무인 것처럼
구두닦이 오성원은
불의를 보고 외면하지 않았던

삶이 눈부신 이 땅의 푸른 나무였다
민주주의를 노래한 숲속의 딱새였다

봄맞이
-기후 위기

부지깽이 꽂아도 싹이 난다는 날
웃옷 벗어 들고 가까이 보니
하얀 꽃부리 하나 깊게 갈라져
무더기로 피었네

하늘이 차츰 맑아진다는 청명에
하늘은 미세먼지로 뿌옇고

봄맞이 만나 달뜬 날
봄은 벌써 사라지고
퍼붓는 불볕만 잔뜩 맞이하네

사위질빵

여름에 눈이 시리도록
덤불을 하얀 꽃으로 덮은 사위질빵
겨울에도 씨방 꽃을 피웠다

가지에 눈꽃을 피우더니
은빛 깃털에 씨앗 달고 날아간다

일제강점기 조선인들처럼
척박한 땅을 숲으로 일구겠다는 듯
먼 불모(不毛)의 땅으로 날아간다

온 세상을 하얀 세상으로 만들려는 듯
백마 탄 여장군이 되어
멀리 변방을 넘어 먹빛 하늘까지 날아간다

그 눈부신 모습을 보면서
노둔한 것을 몰랐던 나의 날갯죽지가
파드득거리기 시작했다

노랑어리연꽃

한 꽃이 지면
옆 꽃봉오리에서 또 피고
또 한 꽃이 지면
그 옆에서 또 피고 피는
여리고 여린 꽃이지만
죽산(竹山)에 핀 녹두꽃 같은
삶을 사는 꽃

은사시나무를 보는데

　겨울, 잎새 떨어지고 푸른 하늘로 길게 뻗은 고요한 자작나무 숲처럼 눈부신 은사시나무를 보는데, 수십 년 밤을 새며 쇠를 깎다 정년이 되어 공장을 떠나는 벗이자 동지인 한 노동자의 생애가 보였다 여름 한낮에 숙부드러운 바람에도 한꺼번에 흔들리며 햇빛 받아 은빛 빛나는 은사시나무 잎새를 보는데, 수십 년 학교에서 아침 점심 저녁 밥을 하다가 이제 학교를 떠나는 한 급식 노동자의 일생이 보였다 누가 뭐래도 하루하루의 삶이 은사시나무처럼 빛나지 않는가

애기똥풀

샛노란 꽃잎, 그 색깔에다
그 모양도 그 이름도 어여쁜데
사람들은 독성 가진 풀이라 말한다

까슬까슬하게 살면서
다른 사람 됨됨이를 깎아내리며
독설(毒舌) 퍼부은 나와 견준다면
애기똥풀 독은 독도 아니다

꽃다지

벌잇자리에서 가끔도 너를
오롯이 바라보지 못하였구나
바삐 쳇바퀴처럼 일한다면서
가을날 싹을 틔워 자라는 것도
모진 겨울을 이기는 것도 모르고 살았구나
작은 꽃 피어날 때도 알지 못하였구나
봄날 노랗게 공장 뜰에 꽃다지 피어났는데
못나게도 부러 알려고도 하지 않았구나
아래로부터 위로 위로 꽃을 피우면서
보란 듯이 다시 꽃 필 열매 맺을 때도
햇빛과 바람, 단비까지 너에게 마음 줄 때도
난 아무도 몰라보고 일만 하고 있었구나
하나씩 지며 기쁘게 자신을 끝낼 때까지
나는 내 한 몸 돌보느라 아래에도 그 어느 곳도
고개를 돌려 보지 못하였구나
이제 나이 들어 내가 시들어가니
그 누구도 눈길 주지 않는구나
넌 다시 공단에 피어나 세상을 환하게 열고 있는데

제 **4** 부

모진 바람 불어도, 더불어 숲

해당화
-서이초 선생님 1주기

꽃향기 은은하여
오히려 섧게 울 때가 있었다

붉은 꽃빛은 너무 따뜻해서
오히려 서럽게 떨어져 내렸다

그 칠월의 기억은
잊지 않겠다는 무거운 다짐으로
올해도 붉디붉은 꽃이 피었다

주름조개풀 꽃동산

산길 걷다 잎 가장자리 물결치듯
주름진 풀들이
길섶에 무리 지어 사는 것을 보아도
본 듯 만 듯 그냥 지나쳤다

여름날이면 꽃대 마디마다
작은 꽃이삭이 달린 꽃밭을 보아도
풀밭이지 꽃밭이란 생각은 털끝만치도 없었다

허울 좋은 개인 사업자 프리랜서들이
보이지 않는 유령 근로자로 떠다녀도
세상이 달라지는 것에 관심을 쏟지 않는 것처럼

주름조개풀 꽃동산을 보았는데도
머릿속에는 아무것도 남아있지 않았다
우리는 따뜻한 관계가 아니었다

큰금계국

-5월 22일 세계 생물종다양성 보존의 날에

기차 타고 세종시 가는 길에
샛노란 꽃들이 흔하게 피어있다
전국의 길가와 강가를 뒤덮을 기세로
큰금계국이 해마다 퍼져 가고 있다
강한 생명의 힘으로 널리 퍼져 나가고 있다

이제 큰 놈에게만 벌과 나비들 찾아간다면
작다란 꽃다지 꽃받이 꽃마리는 언제까지 볼 수 있을까
큰 놈만이 아니라 여린 생명들도 어울려 살 수 있도록
사람들 감수성(感受性)이 퍽이나 다양하면 좋겠다

큰금계국은 죄가 없다

*쌍떡잎식물 국화목 국화과의 여러해살이풀로 현재는 생태계 위해성 2급 식물
로 지정되어 있다.

아까시나무

일제의 수탈과 가난, 한국전쟁으로 헐벗은 산에 우리 아버지 어머니들은 빨리 자라는 아까시나무를 심었고 마침내 새들이 찾는 푸른 숲이 만들어졌다 나무는 언제나 몸뚱이를 한겨울 땔감으로 아낌없이 내어주었고 척박하고 건조한 땅에 뿌리내리며 홍수를 줄여주고 서슴없이 꽃과 꿀과 향기를 주었다 그럼에도 쓸모없다고 내쫓기고 자꾸 베어지고 있다 겨울 앙상하게 서 있는 아까시나무를 보니 찬바람 부는 자동차 공장 앞에서 불법파견에 맞서 싸우고 있는 젊은 비정규직 노동자의 말이 생각났다 평생을 다닌 일터에서 명퇴를 당해 집에 계신 아버지의 몸이 어느 날 여위고 파리해 보였다는

수양버들

사시사철 치솟기만 하는 세상에서
아래로 아래로 팔을 뻗어 내리는
그대가 무지 부럽소

여름이면 그늘을 만들고
흐르는 강물에 연서를 써 보내는
그대가 시인이지 누가 시인이겠소

모든 걸 내려놓을 줄 아는
심해 같은 마음을 참새들이 먼저 알고
제 집인 양 드나드니
그 마음이 어디로든 뻗어 가겠소

서릿바람 고추바람에도
회창회창 휘어졌다가도 제자리 잡고
푸릇푸릇 살아가는
그대 같은 사람을 만나
다시 가슴이 뛰는 곳으로 달려가고 싶소

왜가리 할배

봄날에 꽃잎 멋들어지게 휘날리다가 여름날 검붉은 버찌 다 내주고 잎새 푸르게 살다가 한 잎 한 잎 떨구어 거리마다 시를 수놓고는 겨울바람 불어도 의젓하게 사는 벚나무를 볼 때마다, 열정적인 도시 생활을 접고는 평화로운 세상을 갈망하며 흙 나무 별 바람 그리고 우포늪 새들과 함께 초연히 사는 왜가리 할배가 생각난다 날마다 늪으로 출근하는 그는 생태 혁명을 꿈꾸는 할부지다

비목나무

가을날 인생 이모작을 함께 짓는 사람들끼리 계곡 길 걷다 보면 붉게 떨어진 열매를 만난다 나무 이름을 수도 없이 알려준 터라 "초연이 쓸고 간 깊은 계곡" 노래가 절로 나온다

죽은 사람 무덤에 세우는 그 비목이 아니라 해도 "비바람 긴 세월로 이름 모를 이름 모를 비목이여" 자신들 부르는 듯, 노래가 물길 따라 그윽이 이어진다 눈바람 견뎌온 나무가 단단하고 묵직한 것을 보면 풍상 견디는 비석나무로도 걸맞았을 듯하다*

새파란 잎을 비비면 산뜻한 향기 나는 것이 굳이 자신과 마주 앉아 사색하지 않아도 지난날의 따뜻했던 가슴을 부른다

*비목나무의 또 다른 이름 유래는 말 그대로 비석(碑石) 나무로 이용될 수 있다는 것에서 비롯한다(김종원, 한국식물생태보감 1)

구슬붕이

천주산 언저리 무덤가에
꽃봉오리 올라오더니
오뉴월에 자줏빛으로 피었다

누구에게도 간섭받지 않고
푸른 하늘이 환하게 열린 곳에서
곱디곱게 피었다

나를 잘 들여다보면
기쁜 소식 줄 수 있어 말하는 듯,
달갑게 피었다

작은 꽃 하나에
박새도 산까치도
산 사람도 죽은 사람도
모두가 흐뭇하다

도깨비가지

이름 한 번 요란타 도깨비라
예부터 도깨비는 우리네 친구라는데
어디서 갑자기 나타나
온 들판을 제 집처럼 들쑤시고 다니나

일흔 두 해 한반도의 허리를 가르고 있는
휴전선 철망처럼 몸서리치는 가시,
다 걷어내고 싶은데

누가 또 도깨비방망이를 휘둘러
가시를 곧추세우나

갯고들빼기

흙 한 줌 없는 바닷가 절벽에서도
노란 꽃을 피우는 갯고들빼기
이기대 갈맷길 바위틈에 사는
소태나무처럼 징하게 쓰다는 갯고들빼기
그 정도 쓴맛을 가슴에 품지 않고서야
어찌 저 절벽 바위틈에서 한껏 꽃을 피울까
먼 바다는 동경의 바다
언젠가는 파도 너머에 가 보리라
그런 희망이 없고서야
어찌 이 땅을 지키는 민초들 삶을 이야길 할 수 있을까
마을마다 있는 당산나무처럼
꿋꿋하게 수백수천 년을 견디어 올 수 있을까
그렇지 않고서야 아슬아슬한 바위틈에 꽃을 피운
저 갯고들빼기를 어찌 설명할 수 있을까

겨울철 먼나무 앞에서

먼나무는 붉은 열매를 겨울나는 새들의 먹이로 남김없이 내 준다 그 새들은 열매를 먹고 씨앗을 퍼뜨려 다시 사방에 먼나무가 피어난다 사람의 삶도 이와 같아서 사랑은 사랑으로 돌고 돌아 그 끝이 보이지 않는다 짧게 살아도 병든 사람들을 위해 살았던 이태석 신부, 남수단 톤즈에서 뿌린 사랑의 씨앗이 어린 제자들에게 이어져 다시 부활한 것처럼 겨울철 먼나무 앞에서 나는 무엇을 주고 무엇을 받았는지 부끄럽기 그지없다

좀깨잎나무 꼴값

여름날 저녁에 좀깨잎나무가 서로 부대끼며 사는 개모
시풀, 거북꼬리와 많이 닮았다는 소릴 듣고는 어울려 사
는 것이 마음에 들지 않은 듯, 어깨를 우쭐대며 한마디
던집니다 "난, 나무란 말이야 너거 풀들은 틀려먹었어"

옆에 있던 개모시풀이 "반좀나무님, 우린 모양새가 좀
다를 뿐 틀리지는 않았다고요" 심사가 뒤틀린 거북꼬리도
한마디 거듭니다 "좀깨잎나무님은 새끼거북꼬리라고도 불
리잖아요 좀 눈꼴틀리네요 우리가 그른 것은 아니잖아요"

예상치 못한 풀들의 반격에 좀깨잎나무가 한참만에 꼴
값 떨었다고 생각했는지 "아, 제가 좀 잘난 체했나요 좀
미안해요" 한다

모두가 더불어 숲에 대해 생각하는 날, 숲이 송두리째
노을빛에 물들고 있다

양버즘나무

어릴 때 방울 열매에 머리 맞고는
되게 아팠던 추억이 있는 사람들은 안다
나쁜 공기 빨아들이느라
더워지는 도시 온도를 낮추느라
밤이면 몸살 앓는다는
양버즘나무
직박구리도 다 알고 있는 것을
사납게 가지 잘라내고
꽃가루 날린다고 베어버리는
사람들만 모른다

메타세쿼이아

위로 위로 뻗어 오를 때 여러 나무들이 서로 북돋우며
뻗어 오른다지 더구나 뿌리가 얽히고설키면서 탄탄하게
서로 힘을 주고받으니 하늘 아래 결코 주눅 들 일은 없다
지 그들의 이마를 들여다보면 '누가 뭐라 해도 우리는 함
께 간다' 이런 머리띠가 보인다지 창원에서 이름난 가로
수길을 걷다 보면 우분투 우분투 외치며 우듬지가 꿈틀꿈
틀하는 메타세쿼이아를 볼 수 있다지 아마 귀와 눈이 밝
은 사람에게만 보인다지

애기땅빈대 이야기

어떤 학자가 암에 좋다는 신비로운 약초를 찾아 돌아다니다 마침내 아마존 밀림에서 그 풀을 발견하고는 집에 돌아오니 자기 집 마당 여기저기서 자라고 있었다는, 바로 자신의 발밑에 있었다는 애기땅빈대 이야기는 내가 사는 모습이다 계엄의 밤에 자기 아버지가 잡혀갈까 두려워서 아빠에게 계속 전화를 걸었다는 딸처럼, 마을 주민회를 만들어 아이들도 같이 키우고 마을을 더불어 살기 좋은 마을로 만들기 위해 애쓰는 이웃처럼, 일터에서 노동의 새벽을 함께 걸어가는 동지처럼 보배로운 사람들이 내 가직이 있는 것도 모르고 먼 데서 찾는

이팝나무
-소성리에서

바쁘게 산다는 핑계로,
할머니들에게 미안해요 말하지 않을래

이팝나무 꽃향내 가득한 사월의 봄을,
복숭아꽃 자두꽃 아까시나무 꽃이
덩실 춤추는 오월의 봄을
맘껏 부를래

이 땅에 하얀 눈꽃 꽃향기,
평화바람에 실어서 싱그럽게 날려 보낼래

빼앗긴 봄, 찾을래

하늘말나리
-김하늘 발인하는 날

유월이 오고 칠월이 오면
원줄기 끝에도 곁가지 끝에도 꽃이 필 텐데
하늘을 바라보며 곱디곱게 피어날 텐데
덜된 어른이 너를 꺾었다

너의 꽃내음도 맡은 적 없으면서
정신줄 놓고는 너를 꺾었다
비 내릴 때 우산이 되지도 못하고
함께 비를 맞지도 못하면서
못난 학교가 너를 꺾었다

세월호의 아픔을 잊지 않겠다
다짐한 날이 엊그제 같은데
채 피어보지도 못하고 죽임을 당한,
맑은 하늘에 날벼락 같은 비보 앞에
맹골수도가 울고 '더불어 숲'도 울부짖었다

서이초 선생님의 눈물을 잊지 않겠다

다짐했던 우리들도 이 땅의 정치꾼들도
이제 어른들은 아무 할 말이 없다
하늘나라에서는 부디
꺾이지 않는 꽃으로 피어라

순비기나무

칠팔월이면
제주 너븐숭이에도
거제 지심도에도
마산 저도에도
어김없이 순비기 꽃은 피어난다

"나 여기 있소, 우리 여기에 있어요"
애기 무덤, 괭이 바다 울음소리에,
바닷가 파도 들고 지는 소리에도
입술 모양 꽃부리 보랏빛으로 떨린다

별빛도 달빛도 없는 밤이면
그날의 살육이 되살아나는 것이 두려워
아직도 모래알 꽉 붙들고 엎드려
몸을 낮게 땅에 대고 있는
순비기나무

예덕나무

붉은빛 띠는 새로 나온 잎이 꽃처럼 아름다운 나무다
숲이 망가졌을 때 가장 먼저 터를 잡고 다시 숲을 살리는
나무다 가난한 시인의 마음 부서졌을 때도 살며시 다가와
손잡아 주고 가슴 데워주는 나무다 어렵고 힘든 이웃에게
먼저 손 내밀고 뛰어가는 가슴 따뜻한 사람들이 있는 푸
른내서주민회를 참 많이도 닮은 나무다

차나무처럼
─우체국 집배 노동자 김진근 1주기에

가슴에 그리운 멍울이 남아
저녁놀이 더욱 붉은 날엔 그가 생각난다
하늘이 맑디맑아 하늘로 간 사람,
쓰라린 가슴이 배롱나무꽃처럼 피어난다

사람이 사람답게 사는 세상이 그리워
타는 목마름으로 자유를 노래한 사람,
팔월이 오면 해당화 꽃처럼 피어난다

시를 좋아해서 시를 쓰다
스스로 시가 된 사람

가냘픈 몸으로도 노동자를 따뜻하게 보듬어준 사람
누구보다 집배 노동을 사랑한
창원 우체국 집배 노동자,
메마른 노동을 바꾸기 위해 앞장선 사람

"내 잎은 따도 나고 또 날 테니*

봄이고 겨울이고 언제든지 와"
자기 몸을 아낌없이 내주는 차나무처럼
낮은 곳만 바라보다 생을 마친 사람

푸른 하늘이 그리워 푸른 하늘이 된 그에게
팔월이면 날개 달린 오토바이들이
국화꽃다발을 싣고서 달려간다
끝도 없이 푸른 하늘로 날아 오른다

*이영득, 나무 이야기 도감.

개서어나무

    산성산 바다숲속길 그 잿빛 나무들, 울퉁불퉁하게 떼를 이룬 나무들, 한겨울 한 줌 햇살에도 참으로 눈부신 나무들, 그 나무를 보며 나는 왜 수십 미터 상공에서 철골 작업을 하는 노동자를 떠올렸을까 으리으리한 건물 짓고 다리 놓는 온통 굳은살 박인 우람한 근육질의 그들을 생각했을까

끝내 대흥란마저 사라진다면

거제 노자산에서
붉은 줄무늬 뚜렷한 꽃이 피는
대흥란이 사라진다면
멸종 위기종인 너까지 사라진다면
인간이 살아갈 이 땅에
그 무엇이 살아남을까

코끼리새가 사라지고
인간이 멸종으로 내몬 디프로토돈처럼
케이블카, 채석장에다 골프장 건설로
멸종 위기종인 팔색조가 사라지고
끝내 대흥란마저 사라진다면

생물종 다양성을 파괴하는
자본의 타락을 심판하려고
이 땅에 대홍수가 오는 날,
더 이상 노아의 방주는 없다

아무리 그래봐라
내가 나를 포기하는가

박 덕 선 (시인)

-베어봐라 내가 안 돋아나나 또 베어봐라 내가 고개 안
드나 싹둑 잘라봐라 그런다고 꽃 안 피우나- 「뚝심」 부분

1. 결단코 못난 놈이 아니다.

한 사내가 길 위에 서 있다. 오솔길이다. 아스팔트나 신
작로를 피해 온 듯도 하다. 쉽게 갈 수 있는 수많은 길들
을 그는 왜 외면했을까? 뒷모습은 지친 듯 어깨도 처졌
다. 누구도 그의 가슴에 솟는 물길을 보지 못한다. 퐁퐁
솟아 스며드는 물길이어서 쉬이 눈치 채지 못할 수도 있
다. 하지만 그가 아스팔트 위에 설 때도 있다. 그 때는 용

솟음친다. 이 땅의 수많은 노동자, 약자, 작은 것들의 아픔을 봐내지 못하는 그는 곳곳의 투쟁 현장에 서면 아스팔트를 뚫고 용솟음치거나, 분수처럼 솟을 것 같다. 그러면서도 가슴으로 걷는 그 길 위에서 그는 다리가 보이지 않는다. 마치 먼 어느 곳을 응시하듯 가슴으로 부딪다가 젖은 어깨로 스며드는 한 사내를 기억한다. 그가 대로를 떠날 때는 가장 부드러운 샘물처럼 쉼 없이 걸어 궁극의 숲으로 가는데, 머뭇머뭇 가다가 서고 가다가 앉으며 길섶을 쉬이 떠나지 못한다.

그렇다. 작가의 작품은 풀숲의 시이자 들판의 시이며 길이 없는 길 위에서도 살아가는 생명의 이야기이다. 더 낮게 들여다보면 어머니와 아내에게 바치는 연서이기도 하다. 그들은 있는 듯 없는 듯 녹색으로 뭉쳐있지만 빛나지 않은 것이 없음을 작가는 바라보고 보듬고 함께 울며 용솟음친다. 그 안의 물길이 너무 부드러워서 발견하지 못하는 그의 시선은 아름답고 강직하고 따뜻하다. 마치 평생 동안 화를 한 번도 내어 보지 않은 사람 같은 부드럽고 순한 풀잎 같은 시선으로 항거한다. 깃발을 든다. 이름을 부른다. 뭇 생명체가 푸르게 푸르게 제 이름을 부르며 살아난다. 이름 없는 것들이 이름을 얻고 외면당하던 것들의 하소연을 들어주고 낮은 곳 소외된 것들의 가슴을 어루만지며 작은 것들이 일어서서 함께 더불어 숲이 된

다. 그 속에 내가 있고 우리가 있고 지구가 있다, 작가의
첫 시집 『나에게 묻는다』의 연작 시집으로 봐도 좋겠다.

> 하찮은 듯 누구 하나 눈여겨보지 않아도
> 절개지 비탈면에서 깎여 나가는 흙을
> 온몸으로 붙잡고 있다
>
> 외줄에 매달려 일하는 고층 도색 노동자처럼
> 하루하루가 언제 무너질지 몰라도
> 이곳을 떠날 수 없다
> —「이 곳을 떠날 수 없다」 부분

절벽에 매달려 바위틈을 메우는 거웃싸라기 풀의 의연
한 생존 앞에서 작가는 조용히 찬사를 보낸다. 버티고 버
팅기며 자기 자리를 지켜내어 세상의 일부가 되는 힘은
어디서 오는 걸까 묻는다. 세상의 어둡고 허물어지는 구
멍을 온몸으로 막아내는 이웃들의 이야기를 실어 고되고
위험한 삶을 위로한다. 떠나고 싶어도 떠날 수 없는 생의
언덕에서도 그는 심지 깊은 속내로 앙버티는 힘에 어깨
내어주며 응원을 보낸다.

개망초 개머루 개쑥부쟁이

누가 붙였을까 '개' 자를
옻은 옻인데 개옻이란다
......
옻 사촌이라 불러주든지
붉은 옻이라 불러주지
나를 보고 개옻이라니
하기야 누가 뭐라고 불러주든
무슨 상관이겠어
나는 나답게 살아가면 되지
　　　　　　　 ─「나답게」 부분

　그렇다. 그가 언제 '나 여기 있소.'라고 한적이나 있는
가? 새벽길을 쓸어내는 환경미화원이나 거대한 겨울을 덥
히는 보일러공이나 집 한 채의 주춧돌을 놓는 벽돌공들에
게 '장이'도 아닌 '쟁이'의 이름을 붙여 하대하는 웃물들
에게 보내는 일갈이다. 그들의 '구분 짓기'를 받아들이든
말든 묵묵히 자리를 지키며 살아가던 '개', '좀'하던 풀들
에게처럼 '환경미화사, 보일러 기사, 벽돌 시공사… 사,
사, 사 자를 붙여 불러주면 덧나냐고 우리도 우리답게 시
인도 시인답게 살자 한다. 움찔, 아프고 미안하다.

　아무리

베어봐라 내가 안 돋아나나 또 베어봐라 내가 고개 안 드나
싹둑 잘라봐라 그런다고 꽃 안 피우나
스스로 쇠 구조물에 몸을 가둔
저 노동자를 봐라 —부추—

바로 이거였다. 그가 내지르고 싶던 함성, 절규, 용솟음.
이보다 더한 투쟁 어디 있을까? 반문하게 한다. 이것이
바로 그였구나. 그 뚝심으로 하늘을 보는구나. 부추처럼
끝없는 베임과 일어섬 속에서 이 지구 생태계 뭇 생명들
이 살고 지고 꽃피우는구나.

모진 고추바람에 말라 버려도
하늘과 맞닿아 더욱 곱게 빛나고
층층으로 꿋꿋하게 서 있는 모습은
매란국죽 못지않다

겨울 벼랑 끝 층꽃나무 앞에서
나에게 묻는다
나는 무엇으로 사는가
                    —「나는 무엇으로 사는가」 부분

벼랑 사이를 붙들고 바위와 바위 이음새 속 허우적이며

날아든 흙먼지들 사이를 부둥켜안고 피어난 층꽃나무 한 그루에게 헌화가를 바치는 것이 아니라 스스로에게 묻는다. 끊임없이 자성하며 반성문을 쓴다. 더 작은 것들을, 더 힘든 것들을 봐주지 못하는 우리에게 희디흰 연서를 날린다. 보이지 않는가. 저 사랑이, 거듭 거듭 나는 무엇으로 사는가? 라는 질문을 던지며 자화상을 그려나가는 작가의 가슴에 또 하나 툭 물음의 씨앗이 떨어진다.

> 있는 듯 없는 듯
> 한 점 티끌 같아도
>
> 너도 나도
> 뜨거운 삶인 것을
> —「점나도나물」 부분

 이거였다. 그가 자주 길 위에서 머뭇거리던 이유, 자주 쪼그리고 앉아 길섶이 되고 이른 봄 빈 밭에 앉아 언 발은 부비며 뜨거워졌던 것이다. 이 땅에 살아 숨 쉬는 것들 중 뜨겁지 않은 것이 어디 있을까? 빛나지 않은 삶은 또 어디 있을까? 그가 이름 불러주며 그 따뜻함에 대하여 노래를 불러주면 비로소 점나도나물은 한 점 티끌에서 뜨거운 삶이 되었던 것이다. 그의 씨앗 안에 펄럭이는 깃발!

혹은 붉은 띠!

> 어머니는 돌아가셨지만
> 서울에 계신 형수님은 멀리 시동생들을 보러 온다
> 마산 땅까지 시어머니가 그리워 오는 것이다
>
> 우리 겨레의 온갖 고난에도 불구하고
> 우리네 살림살이를 건사해온 이 땅의 며느리가 아닌가
> 꽃며느리밥풀에 '생명의 꽃'이라는 꽃말을 붙이고 싶다
> ─「꽃며느리밥풀」─부분

그런가 하면 의외의 목소리로 필자를 놀래 킨다. 우리 들꽃의 꽃말이나 전설은 대개가 여성 수난사다. 그 중에서 며느리밥풀꽃은 그 정점에 있다. 종보다 못한 며느리가 밥 짓다가 밥물 보느라 밥풀 몇 낱 입에 넣었다고 때려죽이는 시어머니와 남편의 모진 잔혹사가 스며 있는 슬프고도 절절한 이 꽃에게 새로운 의미를 부여한다. 필자의 여성성으로서는 동의하기가 힘든 부분이었다. 차별당하고 구박 받던 여인들이 죽어서 꽃으로 피는 전설을 보며 꽃의 의미를 슬프게 되새기곤 했다. 그런데 남성 화자로서의 시인은 의외의 목소리를 낸다. 엄마, 며느리들의 계보가 이 땅의 생명을 지켜왔다는 역발상적 시선에 눈길

이 머문다. 다시 말하자면 '여성 수난사'로 받아들이지 않겠다는 생태적 감수성이 작동한 것이다. 밥풀을 문 입술을 연상하는 꽃의 모양에 유래한 꽃 이야기를 밥풀을 목숨처럼 물고 가족들의 생계를 꾸렸다는 '생명의 꽃'으로 승화 시키고 싶은 마음이 작용한 듯하다. 동의 여부는 독자의 몫으로 둘 수 있겠다.

조선소 독에서 떨어져내려
이국에서 한갓되이 죽는다 해도
이 악물고 또다시 피어나는 이주 노동자처럼
이 땅에 당당하게 뿌리박은 꽃이다

원청 하청 오만가지 차별 속에서도
한밤 용접 불꽃으로 흐드러지게 피어나는
억센 팔뚝 노동의 불꽃처럼
피고 또 피어나는 꽃이다

아무도 찾으려 하지 않는
개골창이나 묵정밭에서도
하얗게 피어나는 소금꽃이다

소외의 땅, 차별의 땅에서

70년대 가난했던 산업의 역군처럼
뜨겁게 피어나는 소금꽃이다
　　　　　　－「개망초꽃」부분

이 역시 반전의 해석이다. 시인의 영역이 반전의 미학을 더 빛나게 하는 역 아닌가 한다. 흔히 '쑥대밭, 망초밭' 하면 망한 집안의 상징이었다. 원래 망초(莽草)는 망한 집에 수풀만 우거졌다는 의미로 많이 쓴다. 그것도 '개망초' 라니... 요즘 시셋말이 떠오른다. 아이들이 자주 쓰는 말에 '개' 가 자주 들어간다. '개망했다' 로 표현하여 개망초라 불리기도 할 것이다. 이런 오명으로 하얗게 무리지어 웃어줘도 이맛살 찌푸리며 이 망할 놈의 잡초! 하던 것들을 작가는 노동 현장의 '소금꽃' 으로 명명한다. 이미지도 의미도 모두 무릎을 칠 작명이다. 망할 꽃이 희망 꽃으로 거듭나는 순간이다. 즐겁다.

2. 어둠이 내려도 떠날 줄 모른다.

꽃차례 모양이 쥐꼬리를 닮았다고 한다
망초를 만나 쥐꼬리망초라고 불리어진 꽃
그 작디작은 꽃이 남방부전나비를 불렀나

남방부전나비, 쥐꼬리 닮아
보잘것없다는 꽃에 퍼질러 앉아
어둠이 내려도 떠날 줄 모른다
　　　　　-「쥐꼬리망초」 부분

　아무리 깊은 어둠이 세상을 뒤덮어도 떠나지 않고 지켜
낼 가슴들이 있다. 모래밭에 앉아 꽃 한 송이에 빠져있는
작가의 모습을 발견한다.

　한산섬 몽돌 닮은 갯메꽃

바닷바람 거칠 때도
모래바람 세찰 때도
둥그런 잎 맵시에
방긋 웃는 듯 꽃 피는,
그 속이 어머니를 닮았다
　　　　　-「갯메꽃」 부분

　꽃은 땅의 산물이요, 땅은 어머니이다. 시인에게 어머니
는 꽃 한 송이에 서려 수 억 년을 살아온 인간 삶의 궤적
과 같이한다. 갯메꽃 한 송이가 바닷가에 피어있는 그 모
습에서 어머니를 떠올리지만 더 멀리 고해를 건너오는 뱃

고동의 사연과 몽돌이 제 몸 벼리고 벼려 보석이 되어간 기나긴 자연의 시간과 어머니의 시간을 떠올린다. 메꽃 한 송이 처연히 핀다고 보는 게 아니라 그 고난 속에서도 방긋 웃는다. 어머니의 삶도 한 번쯤 방긋 웃어주는 여유를 본다. 바다도 세상도 지구도 방긋 웃을 수 있는 이상 세계를 꿈꾸어 본다.

그 질긴 풀잎에
고운 이름 있다는 것을
이제야 알았어요

여름이면 고깔꽃차례로
꽃이 핀다는 것도
왜 여태 모르고 살았을까요

그러고 보니 그령처럼
수수하지만 꽃이삭 반짝이는 당신이
늘 내 곁에서 빛난다는 것을
예순이 넘도록 모르고 살았으니
참 무심한 남편입니다
　　　　　－「그령」 부분

그령처럼 무심한 꽃이 또 있을까? 그령처럼 끈질긴 사랑이 또 있을까? 짝사랑 하던 소녀 발길을 감아 채던 그령 꽃에 머문 작가의 고백이 참 진지하다. '수수하지만 꽃이삭 반짝이는' 그녀가 중요한 것은 '내 곁에서 빛난다'는 참 천진하고 아름다운 고백이다. 어머니와 아내의 길을 순순히 걸어온 한 남자의 어머니와 아내가, 다정히도 얽어서 그령 꽃으로 피워내는 사랑스런 고백에 웃음이 스민다.

드문드문 가시를 달고 있는
돌가시를 보면 당신이 먼저 생각난다
아무렇지 않게 던진 말 한마디가
당신에게 가시가 되었을 때
끝내는 나도 아팠다
…
산비탈 바위 위에서
억척스럽게 살면서도
찌는 듯 한 여름날에 하얀 꽃 피는
작은 잎 반드러운 반들가시나무를 보면
나도 당신처럼
그렇게 살 수 있을까 생각해 본다
　　　　-「반들가시나무」 부분

반들가시나무 꽃 같은 아내가 오늘은 많이 웃겠다. 웃음이 하도 하얘서 눈부시던 그녀를 필자도 알 것 같은데, 한여름 너덜이나 산비탈 바위를 안고 곱게 피어나는 시인의 아내는 늘 뜨거운 바위를 안고 웃을 수밖에 없는지도 모른다. 시인의 아내로 사는 일은 아마 그런 삶을, 가슴을 데여가면서도 안아 주는 일일 것이다. 이제 시인도 그녀처럼 그 더운 가슴을 제대로 안아주기 시작할 것이다. 참 행복한 시 읽기를 독자들에게 안겨주며 웃는 둘을 연상한다.

> 하루 내내 사람들에게 시달리다
> 파김치가 되어 돌아오는 나를
> 애처롭게 바라보던
> 당신의 안쓰러운 눈길을 닮았습니다
> 　　　－「여우콩」 부분

소설 어린 왕자에 나오는 사막여우의 눈동자가 이랬을까? 누군가는 시인의 이 작품을 읽으면서 여우콩을 검색하거나 식물도감을 펼칠 것이다. 또 누군가 시인과 그녀를 아는 독자들은 슬며시 웃을 것이다. 시인에게 여우콩 같은 아내가 없었다면, 노동자에게 새벽을 깨우는 그녀의 도마소리가 없었다면⋯ 이 시대의 엄마이자 아내이자 동지인 그녀들에게 보내는 어린 왕자의 연서 같은 여우콩이 조랑조랑 들길에 매달렸다. 작가는 그 앞에 앉아 오래도록 떠날 줄 모른다.

온몸에 가시를 달고도 그윽한 꽃향기 퍼뜨려 뭇 생명들에게 삶의 활력 주는 것을 알았을 때 더욱 부끄러웠다 노랗게 익은 지각(枳殼)의 신맛 앞에서 오늘에야 깨닫고는 뱃속에서 꺼이꺼이 목놓아 울던 것을 그쳤다 햇살이 탱자나무 가시 사이로 내 몸을 비추고 있었다

－「탱자나무가시」－ 부분

그의 삶이 작은 것들에의 연민, 힘겨운 것들에 대한 애환, 부당한 것들에 대한 분노에 천착해 있음을 아는 이들은 탱자가시 같은 날카로움은 어디에서도 발견할 수 없음에 놀랄 것이다. 그 가시는 안으로 돌아 있어서 늘 경계하고 고민하면서 칼날 같은 가시들을 비켜가며 세상을 다독여 왔음을 알 수 있다. 꽃피우고 열매 맺고 산새들까지 와서 깃들고 놀다가는 탱자나무 가시와 가시 사이에 시인은 햇살을 들여놓는다. 햇살은 시인의 안을 관통하고 가시와 가시들 사이를 경쾌하게 뛰논다. 부끄러운 깨달음은 이제 독자의 것이 되었다. 작가의 삶은 아는 독자라면 누구나 알 것이다. 가시의 겸허와 측은지심

과 어깨동무를!

3. 볼품없이 살아도 새봄을 부르는 구나

　변변찮다고 손가락질 당해도 메마른 땅에 뿌리박고 악착
같이 살았다 일제강점기 나라를 빼앗기고 만주 벌판에 뿌리
내렸던 선조들처럼, 쓸모없다고 얕보고 비웃어도 헐벗은 산
을 푸르게 만들었다 이제는, 청설모나 직박구리도 따듯하고
옆에 사는 함박꽃나무나 개옻나무도 살갑다 누가 뭐래도 나
는 이방인이 아니다
　　　　　-「리기다소나무」 -부분

　모래막이 나무라 불러도 좋고
　사태막이 나무라 불러도 좋은
　사방오리나무처럼
　구두닦이로 불러도 좋고
　딱새라고 불러도 좋아
　……
　사방오리나무가
　누가 뭐라 해도 삶이 아름다운 나무인 것처럼
　구두닦이 오성원은

불의를 보고 외면하지 않았던
삶이 눈부신 이 땅의 푸른 나무였다
민주주의를 노래한 숲속의 딱새였다
                    -「사방오리나무」-부분

　볼품없다고 구박당하고 들여온 과정 때문에 터부시 당하던 풀과 나무들에게조차 작가의 시선은 따뜻하다. 민둥산 사방공사용으로 일본에서 들여온 '리기다소나무', '사방오리나무' 등은 이 땅에 들어와 소나무와 나란히 그 개체 수 경쟁에서도 뒤처지지 않았다. 아직도 사람들은 저놈의 리기다, 저놈의 사방나무 쓸모도 없다고 외면한다. 나무의 역사성까지 따지자면 박정희 정권 때 대대적으로 들어와서 사방공사용으로 썼다고 사방나무이다. 이제 이 땅에 뿌리박은 이주 노동자처럼 다문화 가정의 아내들처럼 세상과 어우러져 잘 살아간다고 대변한다. 이 역시 숲 이야기 들풀이야기의 반전이다. 나무가 무슨 죄일까? 생명은 다 같고 그 쓰임새대로 잘 살아내는 게 중요하다고 역설하는 작가의 시선 앞에 독자들은 마음을 돌이킬지도 모른다. 이것 또한 독자의 선택이다. 작가의 사해동포주의적 생명사랑에는 동의하는 바다.

　눈길 사로잡는 것이

꽃잎이면 어떻고
꽃받침이면 어떤가
각시가 좋으면
처갓집 쇠말뚝에도 절을 한다는데
　　　　－「꿩의바람꽃」 부분

　작가에게 있어서 한 포기 들풀은 하나의 생명을 넘어서
서 사랑의 대상이다. 그 생명이 어떤 모양이든 어떤 상태
이든 생명 그자체로서 존재적 사랑의 대상이 되는 것이
다. 참 크고 무한하다. '처갓집 쇠말뚝' 같은 들풀들과 나
무들 모두가 물아일체적 존중의 대상이다. 가히 장자가
빙긋이 웃어 줄 시세계이다. 인간사를 통해서 들풀을 조
명하는 것이 아니라 들풀들에게서 세상사를 짚어내는 탁
견을 발휘한다.

　　지리산 산국은 마을과 사회와 나라의 평화가 거저 주어지
　는 것이 아니라는 말을 골골이 바람결에 날려 보내고 있다
　　　　－「지리산 산국」 부분

　그렇다. 작가는 지리산 산국 같은 너른 마음과 향기로
창원공단 쇳바람을 맞으며 노동의 삶을 지탱해 온 것이
다. 그의 삶은 척박하고 소외지역인 벼랑 위에 핀 꽃일

것이다. 산국은 지리산의 파란만장한 사연이 서리서리 피
어나서 짙은 향으로 골짜기를 감싸는 평화 공동체를 염원
하는 숲의 사람으로서의 간절한 소망일 것이다. 척박한
공단의 삶에 산국 향기를 날려 보내니 함께 즐겨보시라.

　　　메마른 땅에서도 뿌리내리고
　　　끈기 있게 마음을 주는 메꽃처럼
　　　그늘진 이들에게 더욱 따뜻했던 당신

　　　당신의 향기가
　　　말쑥한 분홍빛 메꽃으로 피어나
　　　오늘 내 지친 마음속까지 달래줍니다

　　　이런 날은 그냥 당신에게
　　　내일까지도 맡기고 싶습니다
　　　　　　　　　　-「메꽃」 부분

　작가에게 있어 당신은 그대이자 나임을 깨닫게 한다.
메꽃 한 송이의 분홍빛 웃음에 시름을 놓을 수 있는 당신
은 누구인가? '그늘진 이들에게 더욱 따뜻했던' 당신들이
한 송이 메꽃으로 피어나는 도시의 당신들에게 보내는 연
서 기쁘게 받으시길!

산속 돌너덜이나 메마른 땅에서도
꿋꿋하게 살아가는 붉나무를 보면
일본의 조선인학교 아이들이 생각납니다

척박한 환경에서도
꿈을 놓지 않는 아이들처럼
잎줄기에 날개가 있어 불타는 저녁놀 속을
나는 꿈을 꾸기도 한다는데요
꿈을 꾸다 보면 저 시퍼런 철책선을
언젠가는 타고 넘을지도 모릅니다

잎사귀들 붉디붉게 피어나는
붉나무 앞에 서면
누구나 가을을 꿈꾸게 됩니다
　　　　　－「붉나무」 부분

　종횡무진이다. 산 숲에는 수많은 생명들이 살고 우리네 세상사에도 수많은 사람들이 우여곡절을 지닌 채 살아간다. 국경을 넘어 범지구적 평화 공동체에 대한 열망이 붉나무 발그레한 잎사귀에 머문다. 오배자 열매가 주저리 달려서 또 수많은 미물들을 품고 길러낼 것이다. 누구나 꿈꾸는 가을 앞에서면 붉나무처럼 붉은 가슴으로 모든 익어가는 것들을 응원할 것이다.

> 온 세상을 하양 세상으로 만들려는 듯
> 백마 탄 여장군이 되어
> 멀리 변방을 넘어 먹빛 하늘까지 날아간다
>
> 그 눈부신 모습을 보면서
> 노둔한 것을 몰랐던 나의 날갯죽지가
> 파드득거리기 시작했다
> 　　　　　　－「사위질빵」 부분

　인간 중심으로 보면 홀씨나 꽃가루가 나는 꽃들은 알러지의 원인이 된다고 기피 대상의 꽃으로 전락한다. 더러는 개입갈나무나 양버들 같은 경우는 잘려나가기도 한다. 거리의 은행나무 가로수가 냄새나는 열매를 가졌다는 이유로 마구잡이로 잘려 나가기도 하니까. 그런데 작가는 사위질빵 꽃무리와 꽃씨가 뭉게구름처럼 날아가는 모습을 보며 백마 탄 여장군으로 표현한다. 그 모습에서 눈부심을 보다니, 더군다나 날개 죽지가 파드득이는 자유의 의지를 발견하다니 놀랍다. 줄기 마디가 너무 연해서 볏단 하나도 묶을 수 없는 덩굴이라고 데릴사위한테 맡겨서 일하는 시늉만 내라고 내어주던 덩굴인데, 장모님의 사랑으로 바라보던 무능하고 연약한 꽃무리가 백마를 탔다. 작가는 꽃의 힘에 터보 엔진을 달아준다. 이후는 백마의 갈기처럼 휘날리는 꽃무리를 보겠다.

한 꽃이 지면
옆 꽃봉오리에서 또 피고
또 한 꽃이 지면
그 옆에서 또 피고 피는
여리고 여린 꽃이지만
죽산(竹山)에 핀 녹두꽃 같은
삶을 사는 꽃
　　　－「노랑어리연꽃」 부분

작가에게는 세상의 모든 꽃피는 것들이 이웃이고 친구이고 동지이고 엄마이자 아내라는 인식이 내면화된 것 같다. 여기서 더 나아가 역사 속의 의인도 불러낸다. 녹두꽃이 노랑어리연처럼 핀다는 사실을 간파한 작가는 피고 또 피는 쉼 없는 결기가 녹두꽃 같다는 것을 발견해낸다. 그 뜨거운 생태적 감수성이 그저 놀랍다.

겨울, 잎새 떨어지고 푸른 하늘로 길게 뻗은 고요한 자작나무 숲처럼 눈부신 은사시나무를 보는데, 수십 년 밤을 새

며 쇠를 깎다 정년이 되어 공장을 떠나는 벗이자 동지인 한
노동자의 생애가 보였다 여름 한낮에 숙부드러운 바람에도
한꺼번에 흔들리며 햇빛 받아 은빛 빛나는 은사시나무 잎새
를 보는데, 수십 년 학교에서 아침 점심 저녁밥을 하다가 이
제 학교를 떠나는 한 급식 노동자의 일생이 보였다 누가 뭐
래도 하루하루의 삶이 은사시나무처럼 빛나지 않는가

–「은사시나무를 보는데」 전문

은사시나무 잎새에서 성실하고 죄 없는 우리의 반짝이
는 이웃들이 일렁인다. 함께 무리지어 숲을 이루는 은사
시나무 숲에서 급식노동자의 일생을 봐내는 시인의 시선
덕분에, 은사시나무 숲은 이제 한그루의 나무가 아니라
우리의 이웃이자 동지가 된 것이다. 시의 놀라운 미덕이
자 시인의 마력이다.

4, 모진바람 불어도 더불어 숲

여름날이면 꽃대 마디마다
작은 꽃이삭이 달린 꽃밭을 보아도
풀밭이지 꽃밭이란 생각은 털끝만치도 없었다

허울 좋은 개인 사업자 프리랜서들이

보이지 않는 유령 근로자로 떠다녀도

세상이 달라지는 것에 관심을 쏟지 않는 것처럼

주름조개풀 꽃동산을 보았는데도

머릿속에는 아무것도 남아있지 않았다

우리는 따뜻한 관계가 아니었다

　　　　　　　 -「주름조개풀 꽃동산」 부분

　주름조개풀은 무리지어 산다. 꽃도 녹빛이다. 함께 모여 피지만 더 높으려고도 햇살 아래로 나서려고도 하지 않는다. 그저 무리지어 소리 없이 피고 살랑이며 다정하게 번식하며 산다. 작가는 '개인사업자 프리랜서들'을 불러낸다. '유령 근로자'로 떠돌며 근로의 영역을 교란하던 개인사업자에 무심했던 마음보다도 주름조개풀 꽃동산을 스쳐지났던 마음이 더 쓰렸을지도 모른다. 처음으로 시인은 '따뜻하지 않은 관계'를 고백한다. 그러나 주름조개풀에게도 유령 근로자에게도 죄를 물을 수는 없다. 문제는 시스템이니까, 그 해법은 입안자와 세상에 물어야 할 일이다.

　기차 타고 세종시 가는 길에

샛노란 꽃들이 흔하게 피어있다
전국의 길가와 강가를 뒤덮을 기세로
큰금계국이 해마다 퍼져 가고 있다
강한 생명의 힘으로 널리 퍼져 나가고 있다

이제 큰 놈에게만 벌과 나비들 찾아간다면
작다란 꽃다지 꽃받이 꽃마리는 언제까지 볼 수 있을까
큰 놈만이 아니라 여린 생명들도 어울려 살 수 있도록
사람들 감수성(感受性)이 퍽이나 다양하면 좋겠다

큰금계국은 죄가 없다
　　　　－「큰금계국」 전문

　부제가 －5. 22일 생물다양성의 날에－ 라고 되어있다.
생물다양성의 날에 금계국의 처지를 생각한다. 생태교란
종으로 지정되어 생물 다양성을 해치는 샛노란 꽃. 들길
언덕 곳곳에 샛노란 꽃무리로 여름을 밝힌다. 애네들이
자리 잡으면 다른 풀들은 자랄 수가 없다. 아까시나무도
마찬가지이다. 막무가내로 피어나는 강인성, 끈질김에 죄
없다는 말을 작가는 하고 싶은 것 같다. 하지만 생물다양
성을 해치는 것은 어쩔 수 없는 금계국의 근성이다. 더불
어 숲으로 가는 길에 장애의 요소가 된다는 말이다. 그러

나 그들을 조율하고 개체수를 분산시켜 함께 갈 수 있는
상생의 길을 찾는 건 우리의 몫일 것이다.

> 어릴 때 방울 열매에 머리 맞고는
> 되게 아팠던 추억이 있는 사람들은 안다
> 나쁜 공기 빨아들이느라
> 더워지는 도시 온도를 낮추느라
> 밤이면 몸살 앓는다는
> 양버즘나무
> 직박구리도 다 알고 있는 것을
> 사납게 가지 잘라내고
> 꽃가루 날린다고 베어버리는
> 사람들만 모른다
> ─「양버즘나무」 전문

도시에서 쫓겨나는 수양버들, 양버즘, 은행나무, 메타세
쿼이어 등등은 인간의 삶에 유익하지 않다는 이유로 잘려
나갔다. 함께 살아내기에 서로가 힘겨울 수도 있지만 생
명에 대한 예의는 아닌 것 같다. 기후변화와 환경재앙 앞
에서 여지없이 무너져 갔던 우리네 삶의 이유를 이들에게
물어도 좋은 것 같다. 함께 가지 않으면 숲을 이룰 수 없
다. 우리는 숲에서 온 숲의 사람이고 그 일부이자 한 그

루의 나무다. 순수 천연물로 함께 돌아가기 위한 해법을 찾는 시인의 눈길을 기대한다.

어떤 학자가 암에 좋다는 신비로운 약초를 찾아 돌아다니다 마침내 아마존 밀림에서 그 풀을 발견하고는 집에 돌아오니 자기 집 마당 여기저기서 자라고 있었다는, 바로 자신의 발밑에 있었다는 애기땅빈대 이야기는 내가 사는 모습이다 계엄의 밤에 자기 아버지가 잡혀갈까 두려워서 아빠에게 계속 전화를 걸었다는 딸처럼, 마을 주민회를 만들어 아이들도 같이 키우고 마을을 더불어 살기 좋은 마을로 만들기 위해 애쓰는 이웃처럼, 일터에서 노동의 새벽을 함께 걸어가는 동지처럼 보배로운 사람들이 내 가직이 있는 것도 모르고 먼 데서 찾는

—「아기땅빈대 이야기」 전문

숲속 공동체의 생명들이 어디 하늘로만 오르던가? 땅바닥에도 벽 틈에도 함께 살고 있다는 걸 자세히 살피지 않으면 모른다. 작가는 '이팝나무'에서 소성리의 할머니들을 '하늘말나리'에서 세월호와 하늘이를, '차나무'에서 집배 노동자 김진근을, '예덕나무'에서 푸른내서주민회를, '개서어나무'에서 근육질의 철골작업 노동자를 불러낸다. 한결같은 이웃에서부터 먼먼 과거의 별이 된 그들까지 우

리는 이 시공간을 누리는 공동체다. 더불어 살아가는 우리가 시인이 찾아 나선 파랑새였음을 자각한다.

> 거제 노자산에서
> 붉은 줄무늬 뚜렷한 꽃이 피는
> 대흥란이 사라진다면
> 멸종 위기종인 너까지 사라진다면
> 인간이 살아갈 이 땅에
> 그 무엇이 살아남을까
>
> 코끼리새가 사라지고
> 인간이 멸종으로 내몬 디프로토돈처럼
> 케이블카, 채석장에다 골프장 건설로
> 멸종 위기종인 팔색조가 사라지고
> 끝내 대흥란마저 사라진다면
>
> 생물종 다양성을 파괴하는
> 자본의 타락을 심판하려고
> 이 땅에 대홍수가 오는 날,
> 더 이상 노아의 방주는 없다
>
> — 「끝내 대흥란마저 사라진다면」 전문

작가가 시집을 내는 올 해에 그렇게 우려했던 대홍수가 다녀갔다. 해마다 다른 모양의 환경재앙들이 우리를 찾아온다. 대홍란 한 종의 사라짐이 나비효과가 되어 노아의 방주를 기다려야 하는 위기의 상황이 올 수 있음을 진단한다. 한 종의 위기는 지구의 위기를 불러올 나비효과가 될 수 있음을 경고한다. 인간들의 관계는 이해와 용서의 과정이 가능하지만 '자연은 용서가 없다.' 는 말이 있다. 이보다 더 두려운 말이 더 있을까? 작가가 바라보는 자연 친화적 심성으로 세계를 이해하고 더불어 공동체적 삶을 지향한다면 조금이라도 더 이 재앙을 멈출 수 있을까에 대한 고민이 깊어진다.

작가는 모든 생명 가진 것들에 대한 경외심으로 자화상을 써내려갔다. 그의 정서적 탯줄은 땅이자 엄마이고 아내이며 숲이다. 그의 세계관에는 나에서 우리가 될 수 있는 가장 큰 힘을 품고 있다. 그를 사랑하는 독자들은 아마 식물도감 한 권씩 끼고 앉아 그와의 들과 숲 사랑에 참여할 것이다. 더불어 더불어서 높낮이보다 가슴 넓이를 재는 생태적 인류로 전환되어 가는 자신을 발견하고 길 위에 설 것이다. 수많은 사람들이 풀꽃 한 송이 나무 한 그루에 가슴을 묻고 나직 나직 이름을 불러주며 자화상을 그려갈 것이다. 어쩌면 기후변화 환경재앙의 시대를 현명하게 건너갈 해법을 저 숲으로부터 깨닫게 될 것이다. 우리가 더불어 숲이 되면 작가는 짙은 그늘 드리운 산이 되어있을지도 모른다. 산이 되어 가는 길을 안내해 주지 않을까 기대하며 꽃의 시인 김성대가 우리 숲을 잘 살펴주기를 기대한다.

■ 수/우/당/시/인/선